LA MALDICIÓN DE LA PIRA DEL ABUSÓN

COLECCIÓN MICKEY RANGEL, DETECTIVE PRIVADO

POR RENÉ SALDAÑA, JR.

TRADUCCIÓN AL ESPAÑOL DE GABRIELA BAEZA VENTURA

PIÑATA BOOKS
ARTE PÚBLICO PRESS
HOUSTON, TEXAS

81/8

La publicación de *La maldición de la ira del abusón* ha sido subvencionada por la Ciudad de Houston por medio del Houston Arts Alliance y la Texas Commission on the Arts. Les agradecemos su apoyo.

¡Piñata Books están llenos de sorpresas!

Piñata Books
An imprint of
Arte Público Press
University of Houston
4902 Gulf Fwy, Bldg 19, Rm 100
Houston, Texas 77204-2004

Diseño de la portada de Mora Des!gn
Ilustración de la portada de Giovanni Mora
Ilustraciones de Mora Des!gn

Names: Saldaña, René, author. I Baeza Ventura, Gabriela, translator.
Title: The curse of the bully's wrath : a Mickey Rangel mystery / by Rene Saldana, Jr. ; Spanish translation by Gabriela Baeza Ventura = La maldición de la ira del abusón : colección Mickey Rangel, detective privado / por Rene Saldana, Jr. ; traducción al español de Gabriela Baeza Ventura.
Other titles: Maldición de la ira del abusón
Description: Houston, TX : Pinata Books, an imprint of Arte Público Press, [2018] I Funded by grants from the City of Houston through the Houston Arts Alliance. I Summary: When new student Marco threatens Mickey to keep him from telling the principal that Marco started a fight, Mickey decides to find out what drives a bully, and possibly make Marco his friend.
Identifiers: LCCN 2018008423 (print) I LCCN 2018015926 (ebook) I ISBN 9781518505058 (epub) I ISBN 9781518505065 (kindle) I ISBN 9781518505072 (pdf) I ISBN 9781558858664 (alk. paper)
Subjects: I CYAC: Mystery and detective stories. I Bullying—Fiction. I Conduct of life—Fiction. I Schools—Fiction. I Mexican Americans—Fiction. I Spanish language materials—Bilingual.
Classification: LCC PZ73 (ebook) I LCC PZ73 .S27413 2018 (print) I DDC [Fic]—dc23
LC record available at https://lccn.loc.gov/2018008423

Impreso en los Estados Unidos de América
Cushing-Malloy, Inc., Ann Arbor, MI
abril 2018–mayo 2018
7 6 5 4 3 2 1

UNO

DURANTE LA CENA LES CUENTO a Mamá y Papá de Marco, el nuevo estudiante en la escuela. Les explico que para ser un niño tan chico es tan malo como un zorrillo. Mamá me frunce el ceño. No le gusta que hablemos mal de ninguna persona.

—Te estoy dando hechos, Mamá, sólo los hechos —digo—. Por ejemplo, camina por los pasillos con el pecho hinchado, la cabeza echada hacia atrás así y ten cuidado si lo tocas por accidente.

—Eso muestra más orgullo que maldad —dice Mamá.

—Bueno, esa no es toda la historia —digo—. Hoy, entre clases, Simón lo empujó por accidente. Conoces a Simón, ¿verdad?

Papá dice —¿Simón Ortega, el futbolista?

—Ese, Papá. Bueno, Marco se dio una vuelta tan rápido que casi parecía desaparecer. En un segundo estaba encima de Simón, empujándolo y aventándolo. Era obvio que Simón no tenía miedo por su expresión. Él es tan alto y es probable que por eso no haya querido pelear. No olvidemos que Simón es un defensor en su equipo de fútbol. Es grande y fuerte. Papá, escuché que es tan bueno que el entrenador de

1

la preparatoria ha venido a varios de sus partidos para verlo jugar. ¡Ni siquiera está en la secundaria!

—¿En serio? —pregunta Papá.

—Así es. Bueno —continúo—, Simón le estaba diciendo que parara. "Deja de empujarme y aventarme" y cosas por el estilo. Pero Marco siguió y siguió. No paraba. Así es que finalmente dijo, "Vale más que pares, escuincle, si sabes lo que te conviene".

Me meto un tenedor lleno de espagueti a la boca y digo —¿Sabes qué hizo Marco después de eso, Papá?

—Bueno, primero —interrumpe Mamá— ¿se habla con la boca llena de comida?

Me meto otro tenedor lleno de comida en la boca y digo —No, señora.

Papá lucha para no reírse, pero no le funciona.

Mamá me da un golpe en el brazo. —No seas tonto, m'ijo. Además de ser grosero el mostrarle a todo mundo lo que estás comiendo, es asqueroso.

Papá se calma y luego dice —Bueno, dime, ¿qué hizo ese niño después? Pero primero enséñame que ya no tienes algo en la boca.

Papá está bromeando. Pero le muestro de todos modos. No hay nada.

—De tal palo tal astilla —dice Mamá—. Ya dinos si nos lo vas a decir, Mickey. Apúrate que todos tenemos cosas que hacer.

He hecho tan buen trabajo elaborando mi historia que hasta Ricky está poniendo atención. Ricky es mi gemelo. Soy mayor que él por 45 segundos. Le molesta ser el hermano menor. Me ha dicho un par de veces, "¿Qué importa? Como si 45 segundos fueran algo grande. Ni siquiera es un minuto", y yo le he contestado, "Es suficiente, hermanito menor", lo cual le molesta como no tienes idea. Nunca le ha gustado que usen el diminutivo con él, pero así son las cosas.

Sin embargo, en ese momento, lo tengo comiendo de la palma de mi mano. Usualmente no pondría atención y ya se habría distraído con la mosca que está volando con todas sus fuerzas para romper la malla de la pantalla de la ventana, o estaría durmiéndose, por eso creo que le gané a salir de la panza de mi madre. Tiene que haberse quedado dormido. Y como aprendí en uno de mis cursos de detective, "Camarón que se duerme, se lo lleva la corriente".

—Bueno, Marco, el niño enclenque, le dio una patada a Simón en la espinilla.

—Ay no —dice Mamá—. ¿Alguien hizo algo?

—Por supuesto que alguien hizo algo. Fue Simón. Saltó sobre el pie que no le pateó, pero Marco también le pateó ese pie.

—Y, ¿qué pasó después? —pregunta Mamá.

—Pues, Simón perdió el balance con los pies lastimados, estiró los brazos para no caerse, pero se agarró de los hombros de Marco y los dos cayeron al suelo con un golpe seco.

—¿Alguien se lastimó? —Mamá quiere saber.

—¿Aparte de Simón quién tenía que cojear porque Marco lo pateó?

Mamá tiene que haberse olvidado de la regla de no hablar con comida en la boca porque allí estaba,

un momento después, hablando con la boca llena de pan de ajo—. No seas así, m'ijo —escupiendo pedacitos de comida.

Papá sabe que no es buena idea recordarle la regla a Mamá. Yo también, y Papá simplemente sonríe y me guiña el ojo.

—Supongo que podría haber sido peor, excepto que Simón intentó evitar que cayeran fuerte los dos al rodar en cierta forma que hiciera que Marco cayera encima de él. Pero la fuerza de la caída hizo que siguieran rodando, y obviamente parecía que estaban peleando. Y no van a creer que justo en ese momento, cuando Simón estaba encima de Marco, llegó el subdirector, el sr. Martínez. Y, claro, era el chico más grande, el futbolista, quien tenía al nuevo estudiante, que como recordarán les dije era pequeñito, atrapado en el suelo.

—Ay —dice Mamá—, ya veo por dónde va la cosa.

—Claro —agrega Papá.

Ricky ha perdido el interés y está mirando por la pantalla de la ventana donde la mosca lucha por encontrar su libertad, aunque sus párpados se empiezan a cerrar.

—Exactamente. Simón se levanta, intenta ayudar a Marco para que se pare, y ¡híjole! ese chico sí que sabe actuar. Cualquiera pensaría que es un futbolista sudamericano fingiendo caerse por lo bien que actúa. Le grita a Simón, "¡Ahora quieres ayudarme! Hace unos segundos no estabas actuando tan amable cuando me amenazaste sólo porque choqué contigo.

Para que sepas, fue un accidente. ¿Qué fue lo que me dijiste? 'Fíjate bien para la próxima si sabes lo que te conviene'. Ahora entiendo. Te estás portando todo amable conmigo porque allí está el sr. Martínez. ¿Pueden creerlo? Este chico tiene problemas.

De acuerdo a como están moviendo las cabezas mis papás, sé que no pueden creer lo que les he contado. Quieren saber si alguien, incluyéndome a mí, le explicó al sr. Martínez lo que realmente sucedió.

—No hubo tiempo —digo—. Sonó la campana antes de que uno de nosotros pudiera hablar, y el sr. Martínez tomó a Simón por el cuello y lo llevó por el pasillo camino a la dirección, mientras Marco cojeaba a su lado. Increíble, ¿cierto? Dénle una medalla a ese chico por teatrero.

—Pero estoy seguro que eventualmente se lo dijiste al sr. Martínez, ¿cierto? —pregunta Papá—. Digo, ¿después de la siguiente clase? O, ¿después del almuerzo?

—No, Papá, no lo hice. En primer lugar, tenía un examen y luego tenía que correr al salón de la banda porque el sr. Wilson nos dijo que estuviéramos allí rápidamente porque estamos ensayando para el programa de Navidad.

—Ummm —dice—. Pero le vas a decir mañana, ¿sí? Vas a defender a Simón y al mismo tiempo por lo que se debe hacer, ¿verdad?

Asiento. Pero no estoy muy seguro de que lo vaya a hacer. Cómo les explico que, a decir verdad, tengo algo de miedo de ese chico microscópico. Es más abusivo que Bucho, si lo puedes creer.

Marco volvió a la clase más tarde, y cuando la maestra salió un momento, en voz bajita nos dijo todos: "Ni se les ocurra acusarme. Acabo de hacer que saquen a Simón de unos partidos de su equipo y que lo pongan en suspensión en la escuela por dos semanas. Imagínense lo que les puedo hacer a ustedes si se meten en lo que no les importa".

¿Quién se cree que es este chico?

DOS

CAMINO A LA ESCUELA ESTA MAÑANA, repaso el recordatorio que Papá me dio durante el desayuno: "Lo mejor que puedes hacer, m'ijo, es cortar de raíz. Ve a la oficina del sr. Martínez en cuanto llegues a la escuela, y haz lo que tienes que hacer. Es decir, ¿crees que es justo que a Simón lo castiguen sólo por defenderse? ¿Es eso justo?"

Estaba callado, pero sabía que no esperaba una respuesta afirmativa o negativa de mí. Quería que pensara seriamente en la situación.

Después de unos momentos, aclaró su garganta y agregó, —Arregla esto ahora porque si no, tendrás que enfrentarte con el toro. Después será peor.

Se levantó, enjuagó su plato en el lavadero, lo puso en la bandeja inferior del lavaplatos, agarró su almuerzo y me dio una palmada en el hombro mientras salía por la puerta para irse al trabajo.

Para cuando llego a la escuela, ya he tomado una decisión. Voy directamente a la oficina del sr. Martínez, para explicarle al subdirector que fue Marco quien atacó a Simón y no al revés, que Simón trató lo mejor que pudo para evitar cualquier tipo de confrontación, que fue el pesado de Marco quien inició la bronca, él fue el abusón.

Entro a la oficina y le pregunto a la secretaria si el sr. Martínez está disponible. —Sólo necesito unos minutos, si mucho —le digo.

Lo llama por teléfono, pregunta si me puede ver, espera la respuesta, cuelga y luego dice —Está a punto de empezar una reunión con alguien más en un momento, pero en cuanto termine hará tiempo para verte. ¿Por qué no te sientas, Mickey? Te llamaré cuando esté listo para recibirte.

—Gracias —digo y voy a la salita de espera de al lado.

Es en ese momento cuando mis planes empiezan a desmoronar con rapidez. Al momento en que piso en la salita de espera veo que Marco está sentado allí con unas personas que asumo son sus padres. Me siento en la silla más lejana a él, deseando que no me vea. Pero me mira a los ojos y me lanza una mirada tan malvada. Es peor que cualquier cosa que Bucho me haya lanzado.

Al mismo tiempo llaman a sus papás a la oficina del sr. Martínez y dejan a Marco atrás. Sólo me separan tres sillas de él. Éste se levanta —bueno, creo que lo hace pero como es tan bajito, no hay mucho cambio— y camina tranquilamente hacia mí con las manos en los bolsillos.

—Así es que —dice— tú eres el tal Mickey, ¿sí?

Asiento, evitando cualquier tipo de contacto visual.

—Dicen que eres un tipo de detective. Me gustaría contratarte para que averigües algo para mí. ¿Estás disponible? Sí, sí, ¿cuánto cobras?

Bueno, el chico es nuevo y no tiene ni idea. No soy un detective cualquiera. Soy un verdadero detective. Tengo un diploma enmarcado en mi cuarto. Eso es para que lo pueda ver directamente enfrente de mí cuando me siento en mi escritorio a hacer mi tarea o cuando estoy haciendo investigación en mi computadora para el caso en el que estoy trabajando. También llevo en la cartera mi credencial plastificada. Es un papel que tiene escritos mi nombre, la fecha en la que terminé mis cursos en línea y las palabras "Detecitve privado certificado". Estoy ahorrando para ordenar una credencial verdadera de la escuela en línea, pero como es la mera mera, es cara, así es que tendré que esperar para comprarla. Está bien. Tengo paciencia. Como lo aprendí en uno de mis cursos: "Al hacer las cosas rápidamente puedes perder la clave que necesitas".

Lo que no está bien es que el tal Marco piense que soy algo menos que eso. Así es que le digo —Estoy disponible, y no te cobraré ni un centavo. ¿En qué puedo ayudarte?

Saco mi cuaderno de detective para anotar los detalles del trabajo, pero antes escribo lo que acabo de decir. Lo podría usar en la tarjeta de presentación o en un anuncio en el anuario: "¿Necesitas resolver un crimen? Contrata a Mickey Rangel, Detective Privado, disponible y sin costo alguno". No se me pasa ni una.

Desde la silla miro para arriba, y allí está Marco justo encima de mí. No me di cuenta que se haya acercado. Pienso, *¿Debo aceptar el caso sabiendo que estoy a punto de delatarlo? ¿No es eso un conflicto de interés o algo así?* Pero no quiero que sepa que estoy aquí para acusarlo.

Sonríe y dice —Necesito que me ayudes a averiguar por qué es que todos los niños de esta escuela, incluyéndote a ti, son tan idiotas. ¿Crees que puedes averiguar eso? ¿Eh?

Cierro mi cuaderno y digo —Como quieras.

—Sí, como quiera yo. Pero, escúchame. Sí estás aquí para hacer lo que creo, vale más que no lo hagas. O ¡me la vas a pagar! —Me pone el puño en la cara.

Me paro y él tiene que retroceder casi medio pie. No soy tan grande como Simón, pero tampoco soy pequeño. No habríamos cabido los dos en el mismo espacio, y él lo sabe. Estoy a punto de decirle que no le tengo miedo cuando de repente me quita el aliento con un golpe en la panza.

Me doblo y caigo en la silla.

Justo entonces se abre la puerta del sr. Martínez, los papás de Marco le estrechan la mano, todos sonríen, y él les dice —No se preocupen, su hijo está en buenas manos. Yo estaré pendiente de él *y* de los demás. Nadie molestará a *nadie* en nuestra escuela.

El sr. Martínez se asoma por la puerta y me dice —Sr. Rangel, ¿en qué puedo servirlo?

Veo a Marco, respiro profundo y alcanzo a decir —En nada, Señor. En nada. Disculpe por haberle hecho perder el tiempo.

—Pero no me ha hecho perder el tiempo, Sr. Rangel. —Espera un momento más y después agrega— Bueno, si no necesita nada, qué tenga buen día, entonces.

—Sí, Señor, gracias. Igualmente —digo.

Cuando salgo de la oficina, volteo y veo que Marco me está mirando. Tiene una mirada fulminante. Está moviendo la cabeza y sonriendo. Con el índice me hace el gesto de cortar el cuello.

Dejaré que Simón enfrente a este abusón por su cuenta.

TRES

DURANTE EL ALMUERZO me siento con las mismas personas de siempre: Ernesto, Bobby y Ricky, quien ya casi ha terminado de comerse toda su comida y está a punto de despertar de una siesta que empezó en su salón hogar.

—Les digo que ese chico sufre del complejo nopalianico —digo.

—¿El nopaqué? —pregunta Bobby.

Muevo la cabeza incrédulo, porque es algo que todos deben saber, aunque yo no lo sabía hasta hace media hora cuando escuché a la enfermera hablar con el consejero en el pasillo. No era mi intención escuchar a escondidas, pero si estás allí parado hablando al aire libre en voz alta, alguien te va a escuchar. —Es una enfermedad mental cuando un niño que es tan bajito y pequeño quiera hacerse más grande, aunque eso implique el ser grosero con otros. Es un juego de poder —le digo a los de mi mesa.

Ricky se sacude para despertar. —Estás equivocado y en lo correcto, hermano mayor.

Me gusta cómo se oye eso de "hermano mayor". Finalmente lo admite. —¿Cómo puedo estar equivocado y en lo correcto, hermanito?

—Bueno, como dices, es un juego de poder. Está compensando de sobremanera. Y en gran parte se debe a su diminuta estatura. Ay, ¿estoy usando demasiadas palabras domingueras? —me pregunta.

Me rio de su comentario, pero la verdad es que iba a tener que buscar algunas de ellas en el diccionario.

Continúa —Es bajito, y eso le molesta, mucho, así es que se desquita con los demás.

—¿Y en qué estoy mal? —pregunto.

—Bueno, la palabra es "napoleónico" por el dictador francés de 1800, Napoleón Bonaparte, quien se dice medía un poco más de 5 pies. No es la altura de un genio militar. Tenía problemas. Como lo dijiste, los problemas del chico nuevo salen de la planta del nopal.

Mis amigos se ríen alrededor de la mesa, pero rápidamente empiezo a hablar de otra cosa: Marco y el último incidente de hace unos minutos. Pero de repente tenemos que callarnos porque Marco se sienta en la mesa al lado de la nuestra, y está completamente solo. ¿Qué esperaba si anda empujando y aventando en los pasillos, diciéndoles cosas crueles a los chicos, dándole golpes bajos a la gente y frunciendo el ceño como lo hace? No le tengo ni poquita lástima. Merece sentarse solo. Y tampoco creo que le importe.

Esto fue lo que hizo hace poco: se coló en la fila enfrente de Equis, el chico que tiene escoliosis y tiene la espina dorsal toda chueca. Y lo peor fue que cuando Equis le llamó la atención, Marco respondió enojado, "¿Y qué vas a hacer, Chueco?" Como si el haberse metido en la cola enfrente de él no fuese suficiente. Luego apuntó la corvadura grande en la espina dorsal de Equis y lo llamó, "Tullido retorcido". La mirada en la cara de Equis era tan triste. Y fue más triste porque nadie lo defendió y tampoco nadie enfrentó a Marco, quien había cruzado la raya al usar palabras como ésas.

Estoy sentado en la mesa, observando esto, y me convenzo de que no quiero volver a recibir otro puñetazo en la panza. Pero siento que he traicionado a Equis, un buen chico.

Ahora sólo estamos sentados mirando nuestra comida mientras la metemos en nuestras bocas y viéndonos unos a otros brevemente, y luego viendo a otro lado, como si fuéramos culpables de algún crimen. Y sí, sí somos culpables, y bastante. Si lo piensas. Somos culpables por no apoyar a Equis, quien no ha hecho nada excepto estar en el lugar equivocado en el momento equivocado. Además, hemos estado hablando de Marco a escondidas, pero lo que no conozca no le hará daño. Y pienso que si lo supiera, ahorita ya estaríamos sufriendo. Así es que nos quedamos callados y movemos y movemos bigote.

Marco se acomoda unos cuantos minutos después, la algarabía en la cafetería empieza a hacerse más fuerte, poco a poco, y luego se transforma en un zumbido constante. Y entonces, como una ola que empieza en la salida de la fila del almuerzo y avanza

hacia nuestra mesa, el cuarto se vuelve a poner en silencio, excepto por Ernesto, quien no se da cuenta y sigue hablando. En esa quietud espeluznante, su voz se escucha fuertemente: —Y, ¿pueden creer que hasta Bucho le tiene miedo al chaparro? —Seguramente ve el temor en nuestros rostros cuando dice—, ¿QUÉ? —y luego mira alrededor como si no hubiera dicho nada, todo inocente—. ¿Qué?

He estado sentado viendo la espalda de Marco todo este tiempo, observándolo por si acaso, y al escuchar las palabras de Ernesto, veo que se da vuelta bien despacio. Sus ojos, siguiendo la velocidad de su cabeza, se abren grandes. ¡Nos agarró!

—¿A quién le estás diciendo "Chaparro", mocoso? —dice. De hecho, le susurra, pero otra vez, la acústica del lugar permite que todos oigan.

Y todos están esperando la respuesta de Ernesto.

—Te dije ¿a quién le estás diciendo "Chaparro", Cuatro Ojos?

Veo que a Ernesto se le ha secado la garganta, pero de todos modos levanta la voz. —Supongo que a ti.

Hay un suspiro colectivo bien notorio. ¿Acaba de admitirle a Marco, el abusón, que lo llamó "Chaparro"? Sí, lo hizo, y ahora Marco se está poniendo de pie. Otra vez, apenas se puede ver. El chico es tan bajito. Digo es chiquito, chiquito y sigo sin entender cómo una persona tan microscópica puede ser tan mala.

Ernesto tiene problemas más serios en ese momento. Así es que trato de enfocarme. No puedo permitir que Marco lo golpee como lo hizo conmigo esta mañana (y por si fuera poco, ¡en la oficina del director!).

Está parado detrás de Ernesto, y casi me rio porque si quiere hacerse ver imponente, no le está funcionando. Apenas puedo ver la parte de encima de su cabeza sobre los hombros de Ernesto.

Con los índices, le empuja los lentes a Ernesto para que se le caigan de las orejas. Estos quedan colgando de su nariz. Ernesto no hace nada para volver a ponerlos donde estaban. Tiene la cara bien blanca, casi transparente.

Me vuelvo a preguntar, *¿Cómo es que este chico puede suscitar tanto miedo?* No lo entiendo.

Ernesto da vuelta a su silla y ahora está cara a cara con Marco. Finalmente se acomoda los lentes. Me da gusto que no se pare, porque si hubiera algo que pudiera molestar más a Marco, sería eso.

Ernesto dice —Lo siento. —Su voz suena bien seca.

—Por supuesto que lo sientes. De hecho no eres más que una triste excusa de un ser humano.

Veo que los hombros de Ernesto caen. Parece que eso le duele tanto como el puñetazo que Marco me dio a en la panza. Híjole, las palabras pueden hacer mucho daño. *¿Por qué es tan malo?*

—Ahora que hemos establecido tu poquísimo valor humano, dime, ¿Quién es ese tal Brutus del que hablas?

—¿Brutus? —pregunto, tratando de desviar el enfoque en Ernesto. Aunque sólo sea por un instante. Para que pueda recuperar el aliento.

—¿Estás sordo, Moco? Dije exactamente eso, "Brutus". Este tonto estaba preguntando si Brutus me tendría miedo a mí.

Nadie me dice "Moco" desde que estaba en kínder.

—Es Mickey, y quieres decir *Bucho*, no Brutus —le digo.

En ese momento, Bucho, mi archienemigo se ha venido a sentar a nuestra mesa. —Yo soy Bucho. ¿Quién pregunta? —dice.

No puedo creer lo divertido de todo esto. Marco se da vuelta y ahora está de frente al ancho pecho de Bucho. Apuesto que se dará un tirón en el cuello al tener que ver a Bucho de esa forma. Estoy riendo fuerte pero por dentro. Por fuera, estoy sudando.

Ricky se mueve a mi izquierda. Se talla los ojos para despertar, está confundido por lo que está pasando en la mesa, se levanta, toma su charola y va a dejarla en el lugar de los trastes sucios.

Casi puedo ver el humo que sale de las orejas de Marco. Veo que la parte de detrás del cuello se está poniendo más y más roja conforme pasan los segundos.

—¿Además de estar chaparro estás sordo? —pregunta Bucho, mirando a Marco hacia abajo. Pone su charola en la mesa, saca una silla, le da vuelta y la monta, sus codos quedan sobre el respaldo de la silla. —Así está mejor —dice. Ahora está cara a cara con Marco—. ¿No lo crees, Chaparrín?

Híjole, Marco ahora está enfurecido. Está temblando de lo furioso. Si no me equivoco, está a punto de llorar. Cuando habla, su voz tiembla. Está súper enojado. Lo puedo ver.

Pero no ha perdido ni una gota de su maldad.

—¿A quién estás llamando "Chaparrín", Dumbo? —dice al tomar un paso hacia la cara de Bucho.

Bucho, por primera vez, parece haber perdido toda clave que haya tenido. No tiene muchas, pero de todos modos.

—Retira lo dicho, o me la pagarás —susurra Marco—. Ahora.

—O, ¿qué? —pregunta Bucho.

—Me la pagarás.

—Uy, qué miedo, estoy temblando —dice Bucho—. Pero, está bien. Tú ganas. Retiro todo lo dicho. Lo siento, pero ahora tengo hambre, así es que ¿por qué no te vas de aquí antes de que te trague enterito?

Al principio, creo haberme perdido algo, porque parece que Bucho está cediendo. Hasta pidió disculpas, y él jamás hace eso a menos de que se lo ordenen. Es el abusón más grande de todos. Mientras lo proceso, entiendo que el chico pequeñito ha puesto a Bucho en su lugar.

Estoy confundido, por decir lo menos.

Le pasa lo mismo a Marco, porque aún está parado mirando directamente la parte trasera de la cabeza de Bucho. Éste ha dado vuelta a su silla y ahora está tragando su almuerzo. Marco queda plantado en su lugar, parpadeando.

¿*Qué?* pienso, como todos los de la mesa. Imagino que todos pensamos: ¿*Acabamos de ser testigos del fin de una era?* ¿Hemos visto cómo el abusón ha sido abusado?

¡Sorprendente! ¡Una verdadera sorpresa!

CUATRO

BUCHO ESTÁ TERMINANDO CON SU ALMUERZO, y Marco se ha ido hace mucho. Los chicos y yo nos quedamos atrás como siempre, hablando de todo y de nada. Aprovecho y pregunto —Oye, Bucho, ¿qué pasó?

—¿Qué pasó con qué? —me pregunta con la boca llena de comida. Mi mamá ya lo habría regañado.

—Bueno, no quiero hablar de algo tan obvio, pero, ¿cómo te lo digo? Marco, el chico enclenque parece haberte, este, puesto en tu lugar, por no tener otra forma de decirlo.

—Sí —dice Ernesto—. Es como que te confrontó y tú te echaste pa' 'trás. —Supongo que nos dejó tan sorprendidos que hasta Ernesto sentía que podía dirigirse a Bucho.

Bucho se reafirma como un malo al fulminar a Ernesto con la mirada. Ernesto se repatinga en su asiento y esconde la barbilla en su pecho hundido. Un paso adelante, cinco hacia atrás. Pero es como buena señal, digo. Ernesto lo enfrentó y no recibió una paliza ni fue metido a empujones en su estante.

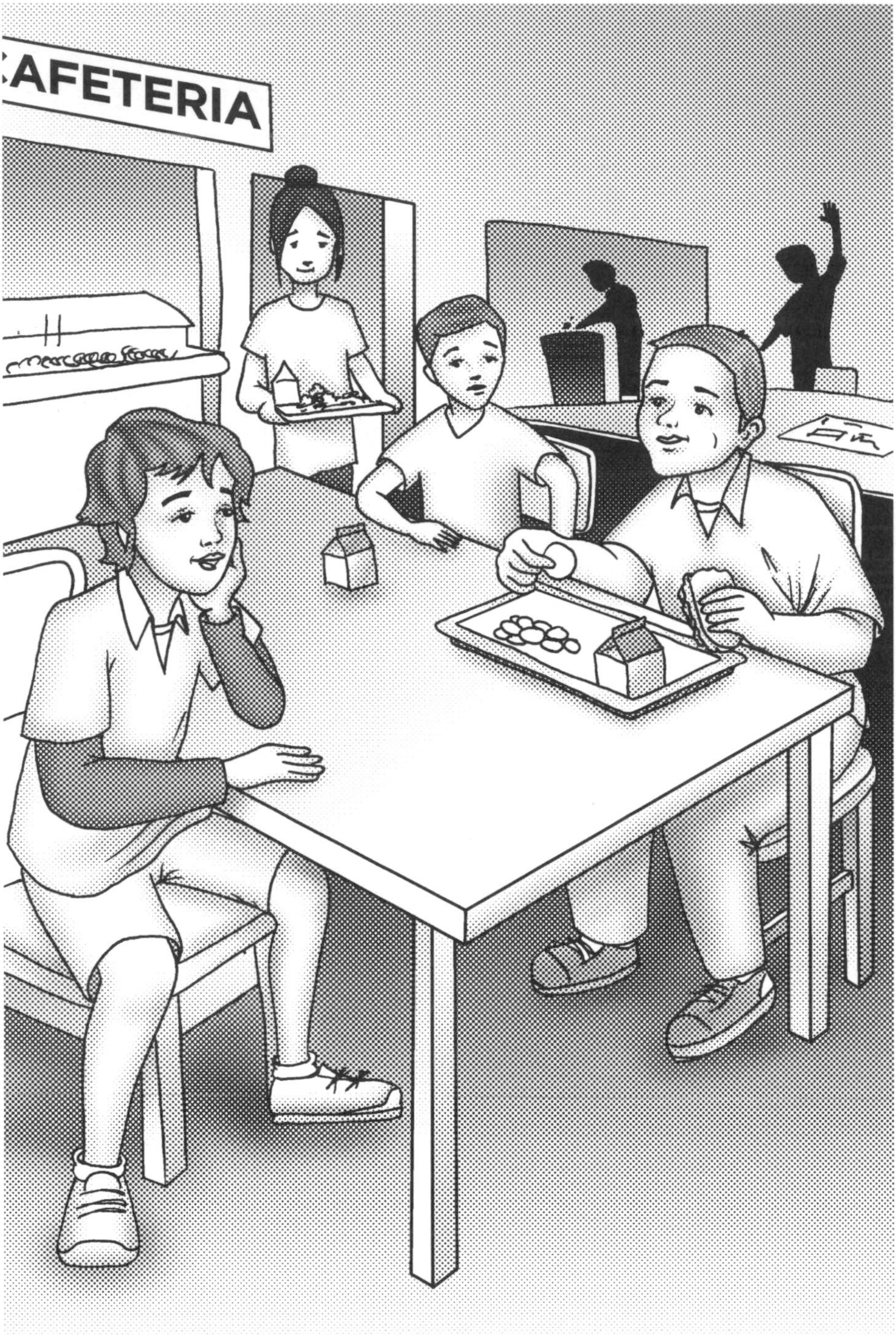
CAFETERIA

Yo no soy tan cuidadoso. Sé que el ladrido de Bucho a veces no es nada más que eso, un ladrido. Así es que digo —Ernesto tiene la razón, sí.

Ernesto se yergue un poco, y Bucho me frunce el ceño. Por un momento breve me retracto un poco, pero de todos modos digo —Lo que quiero decir es que este chico hizo que le pidieras disculpas cuando todos sabemos que eso es lo menos natural en ti.

—Él no me hizo hacer nada —responde Bucho.

—Sí lo hizo. Te dijo que retiraras lo dicho y que te disculparas o se la pagarías. "O. Se. La. Pagarías", me suena a una orden.

—Mickey, tú no sabes nada. —Me sorprende que deje pasar la oportunidad de llamarme "Moco".

—Sé lo suficiente como para saber que eso es una amenaza. Y tú te retractaste, te *súper* retractaste. Siento ser tan franco, pero te puso en tu lugar.

Justo entonces, todos se retiran de la mesa, las patas de la silla tallando el piso de la cafetería. Como que no quieren estar cerca de la explosión que seguramente se avecina.

Trago en seco. Tal vez me he sobrepasado un poquito, lo he presionado mucho.

—Ya te dije —dice Bucho— no sabes nada de nada. —Se levanta y se va hacia el lugar de los trastes sucios.

—Y, ¿por qué no me educas entonces, Bucho? —digo siguiéndolo de cerca.

—Si aún no sabes lo que quiero decir, no lo vas a entender aunque te lo explique bien despacio y con claridad. —Me deja viéndole la espalda.

—¿Qué quiso decir? —pregunta Ernesto.

CINCO

NORMALMENTE ME SIENTO CON RICKY en el bus cuando vamos a casa. Hoy, sin embargo, tomo el asiento al lado de Bucho, lo cual lo sorprende a él y a todos los demás. Usualmente se sienta solo en el penúltimo asiento en el lado izquierdo del pasillo. Hoy no. Me dejo caer a su lado y suspiro largamente porque aún tengo que entender las cosas.

—¿Qué quieres, Mickey? —dice Bucho mirando por la ventana.

Vacilo. Bucho es intimidante hasta cuando no te está mirando.

—Bueno, digo, si no quieres nada, ya te puedes ir y dejarme en paz. Estás invadiendo mi espacio personal —dice.

Me levanto para irme, pero luego me vuelvo a sentar. —Bueno —le digo—. Tengo curiosidad por lo que dijiste hace rato sobre Marco. Quiero saber por qué un abusón es un abusón. Y ¿qué puedo hacer para que cambie?

—Lo sabía. Mickey, para ser un detective sí que eres tonto. Aquí no hay ningún misterio por resolver. Es bien sencillo, el chico es un abusivo. Puede que haya una buena explicación de por qué es como es, pero eso no importa. Él es quien es, y no hay cómo cambiarlo. Eso lo tiene que hacer él. Y si no lo quiere hacer, entonces no lo hará.

Muevo la cabeza de lado a lado. —No entiendo. La gente cambia. Todo el tiempo. Digo, mírate a ti . . .

—Últimamente había estado recibiendo consejería de nuestra directora, la Sra. Abrego. El cambio en él, aunque minúsculo, había sido notorio—. ¿Por qué te crees experto en esto?

—¿Quién mejor que yo, Mickey? Digo, si no te has dado cuenta, soy medio abusivo —dice Bucho con una sonrisa burlona .

¿Quizás no ha cambiado mucho? Siento una debilidad en mis rodillas a pesar de estar sentado.

—Funciona así: le haces saber que no te puede molestar. Que no tiene ningún poder sobre ti. Le dices que puedes ser tan malo como él pero decides no hacerlo. En vez de eso, le das la espalda. Así le demuestras que él no te importa ni una pizca. Y ya. Es su decisión ser bueno o malo.

Me rasco la barbilla. Es mucho, y lo estoy procesando.

—¿Te has dado cuenta, Mickey, que últimamente no te he estado molestando? Por lo menos no tanto como antes —dice Bucho.

Sí lo he notado, y por eso asiento con la cabeza.

—No funcionará que me ría de él, que le ponga sobrenombres. Eso sería devolverle el golpe. Eso no me ha detenido de atacarte a ti, ¿cierto? Eso sólo agrega leña al fuego, ¿sabes? Respondes con maldad porque tienes miedo, lo cual hace que esto sea más divertido para los abusones y que ellos seguirán

atacándote. Y más aún si hablas de ellos a escondidas. Otra vez, eso sólo le demuestra que le temes y temes lo que te pueda hacer. Lo mejor que puedes hacer para arreglarlo es dejarle ver que no es mejor que tú. Que no es más fuerte que tú.

Hay mucho en qué pensar. Bucho está hablando desde la perspectiva de un abusón, pero no veo cómo funcionaría ignorar a Marco. Tiene que haber otra forma, una mejor, y la voy a averiguar.

Me levanto y dejo a Bucho solo en su asiento mirando por la ventana. Me dejo caer al lado de Ricky y muevo la cabeza. No puedo creer que un pesado como él, que originalmente fue un abusón, lo entienda tan a fondo.

Yo aún no lo entiendo, y no es natural en mí el estar confundido. Así es que tomo el desafío de transformar a un abusón en un amigo. O por lo menos en un niño bueno. El detective Rangel está en el caso.

SEIS

Después de terminar mi tarea me siento ante mi escritorio y pienso. Tal vez Bucho tiene razón: el ser abusivo es un misterio. No como los que acostumbro a resolver. Y tal vez también tiene razón sobre Chaparrín, digo Marco: él es quien es y no hay nada que lo pueda hacer cambiar. Una manzana podrida es a veces sólo eso, una manzana podrida.

Quizás.

Quizás no. Simplemente no quiero creer que un niño pueda ser tan malo. Tiene que haber algo que pueda hacer para arreglarlo. Y sé dónde empezar. Simplemente seré amable con él. No lo llamaré Chaparrín o Enclenque o Pequeñín. Lo respetaré, lo miraré directamente a los ojos, aunque tenga que agacharme para hacerlo —¡ay! — tendré que trabajar en eso.

Lo llamo Marco una y otra vez en mi mente hasta que ése es el único nombre que tengo para él. Lo invitaré a almorzar en nuestra mesa. En la clase de Pensamiento Crítico le pediré al sr. Garcés que me elija como su compañero, y así le enseñaré que es mucho mejor trabajar con alguien en vez de siempre ir contra la corriente. Como dice el sr. Garcés siempre,

"Por supuesto, dos cabezas son mejor que una. Pero dos cerebros que piensan son mejores que el mundo entero". Compartiremos el trabajo de los proyectos. Nos llamaremos después de clases para hablar sobre nuestra tarea. Haremos planes para vernos por la mañana antes de que empiecen las clases y jugaremos como compañeros. Y eventualmente, compartirá mi forma de pensar, lo sé. Se verá como el buen chico que es, y a lo mejor hasta se unirá al grupo para almorzar, y todos seremos amigos.

Ya sé, ya sé: Bucho dirá que sólo me estoy haciendo ilusiones. Dirá "Mira, Mickey, te lo digo por experiencia. Te estás preparando para un fracaso".

Claro, él tiene mucha experiencia, pero también tiene muchos fracasos.

SIETE

A LA MAÑANA SIGUIENTE me siento a su lado en clase. El sr. Garcés nos ha puesto en un círculo, lo cual quiere decir que estaremos "pensando y hablando como caballeros andantes". Es la forma que más nos acerca a la mesa redonda del Rey Arturo. Todos y todas juntos con nuestras ideas seremos iguales. El sr. Garcés quiere que tomemos apuntes, así es que saco mi Diario de pensamiento crítico y una pluma. Veo que Marco no tiene nada en su escritorio. Estoy a punto de compartir mis materiales cuando me detengo a mitad de la acción. Marco me mira con mucha maldad.

—¿Qué crees que estás haciendo, Moco?

—Me llamo Mickey, y ¿a qué te refieres, *Marco?* —digo, y enfatizo su nombre. Pienso que el escuchar su nombre le convalidará quien es. Le dará la confianza que estoy seguro le hace falta.

—Me refiero a por qué estás actuando como un tonto, como que somos amigos, o algo.

—Bueno, *Marco,* tal vez sí lo somos. Quizás necesitas un amigo. Por si no te has dado cuenta, *Marco,* no tienes amigos.

Se pellizca la barbilla como si estuviera considerando mi oferta de amistad seriamente. —Déjame pensarlo —después de un segundo me mira directamente a los ojos, con la misma expresión de maldad que antes—. Tienes razón. No tengo amigos y tampoco los necesito.

Allí es cuando el sr. Garcés entra y se sienta en el círculo. Se interrumpe mi estrategia, pero no me voy a dar por vencido.

Durante la discusión, el sr. Garcés hace una pregunta o presenta un tema, y cada vez que puedo llevo la conversación hacia Marco. Me frunce el ceño, y en vez de participar, luce más y más enojado. Así es que dejo de hacerlo. Tal vez el hacer amigos no va a ser tan fácil como lo pensé. Pero algo tiene que funcionar.

Después de la clase le pregunto al sr. Garcés sobre esto —Señor G. —digo—, ¿cómo trabaja usted con un abusón?

En sus propias palabras, me dice básicamente lo mismo que dijo Bucho —Señor Rangel, en la mayoría de los casos no se le puede hacer entender a un abusón. —Pero agrega—, Lo mejor que puedes hacer es decírmelo a mí o a un adulto que pueda protegerte si alguien te está molestando.

Pero no quiero protección . . . bueno, sí quiero. No quiero que me den un puñetazo en el estómago. —Señor G, lo que quiero decir es, qué tal si quiero acercarme a Mar . . . a un abusón, digo. ¿Ayudarlo a no ser un abusón? No hará ningún bien si sólo me preocupo por mí, ¿cierto?

—¿Quieres decirme algo, Señor Rangel?

—Estamos parados cerca de la puerta, y él tiene su mano en mi hombro.

—No, señor —digo. Pero él no me suelta el hombro.

—Bueno, Señor Rangel, ya sabe, mi puerta siempre está abierta.

—Gracias, Señor G.

—Señor Rangel, hablo en serio. Estoy aquí para cualquier cosa, ¿de acuerdo?

Veo que usa mi apellido como lo hace el sr. Martínez. Me pregunto si tomaron una clase donde aprendieron eso. Y también dice mi nombre una y otra vez. Aunque me hace sentir bien escucharlo, como que ve que estoy allí y quiere asegurarse de que yo lo sé, siento que es demasiado. Hago una nota mental.

OCHO

ESA NOCHE, veo un video de un niño grande que es golpeado en la cara por un niño más delgado y bajito. El más chico sigue insultando al más grande, diciéndole cosas como "Gordo" y "Gordo tonto", dándole puñetazos en la cara, los hombros y estómago. El más grade no hace nada. Y hay un montón de otros niños a su alrededor que aumenta más y más, la mayoría gritando para que el más chico siga golpeando al más grande.

Se me revuelve el estómago, como que quiero vomitar. No me gusta ver que los niños peleen, mucho menos que uno golpee a otro y que el otro no se defienda. Es como dice mi papá, "disparando en vacío". Demasiado fácil. Y el más grande está allí parado, sin hacer nada. Eso es, hasta que no pueda más.

No sé qué cambia para él o en él, pero el chico más grande abraza con fuerza al niño enclenque, lo eleva uno o dos pies en la banqueta y luego lo deja caer con fuerza. No creo imaginármelo, pero escucho que un hueso se quiebra al estallar contra el cemento. Me pregunto si esto es lo que Papá dice cuando llega el momento en que es necesario enfrentar al toro. Espero que no. Simplemente no creo que la violencia es la mejor forma de hacer que un abusón deje de ser un abusón, cuya única opción casi siempre es la violencia.

En el video, dejar caer al niño grande sobre la banqueta hace que el chico deje de molestarlo. Y quien sabe cómo, pero la historia del niño más grande se hace viral. Además de mí, el video es visto por lo menos por un millón de personas. Un reportero entrevista a los niños y a sus padres después de que el más grande se convierte en una sensación en internet y el chico en un "paria" (así lo llama el reportero).

Es interesante escuchar hablar al más chico; dice que ha aprendido su lección: no meterse con niños grandes. Qué raro, pienso, que no haga la conexión, como nos enseña el sr. Garcés. El reporte debería preguntarle al niño más chico, "Sí, pero ¿cuál es la lección más grande que te falta ver?" Entiendo que el niño tendría que haber dicho, "No golpearé a este niño ni a ningún otro". El sr. Garcés diría, "Sí, pero piénsalo más". Y lo hago: no sólo se trata del problema de pelear, sino también de que nos importan tan poco los demás que creemos que podemos atacarlos. El sr. Garcés diría, "Sí. Así es, Señor Rangel. Ésa es la base del abuso. Y ahora, ¿qué hacemos?"

Pienso y pienso y pienso más. Hasta veo los videos un par de veces más para ver si allí se encuentra la respuesta. En las entrevistas, especialmente. Pero después de escuchar cuidadosamente a los dos niños, sigo sin idea. El niño más grande se siente terrible porque pudo haber herido seriamente al abusón, y la única idea que tiene el abusón es evitar al chico más grande y fuerte que ahora está dispuesto a defenderse. Aún no sé cuál será mi siguiente paso. Cuáles son mis opciones hasta ahora: enfrentar al toro; responderle con insultos; meterme a la fuerza enfrente de él en la cola para que sienta lo que se siente; burlarme de su tamaño; empujarlo en el pasillo; tirarle los libros de las manos con un manotazo; ser amable con él; mostrarle respeto; tratar de ser su amigo, decirle que lo que está haciendo está mal; o ¿qué?

A la mañana siguiente, reviso mi cuenta de correo electrónico de la escuela. Casi tiro a la basura un email que parece ser spam. Pero la palabra "Ángel" en el título llama mi atención. Ya me preguntaba cuándo llegaría a meterse en mis asuntos. No le tomó mucho tiempo.

La línea de tema indica "¡¡¡DEBES LEER ESTO!!! Tu Ángel". Oprimo para abrirlo y encuentro el siguiente enlace: https://www.stopbullying.goc/index. html. No hay nada más excepto que el enlace. Presiono y descubro un excelente sitio sobre el "bullying". Obvio.

La mayoría de los otros sitios que había visitado hasta ahora tenían sugerencias y recomendaciones que explicaban cómo es que los maestros y padres pueden prevenir o detener el abuso. Todo para los adultos y nada para los niños.

El sitio tiene una sección dedicada sólo a los niños. Presiono en varios lugares y encuentro algunas herramientas bien interesantes y útiles

como una definición fácil de entender de lo que es el "bullying": "ser malo con otro niño una y otra vez". Incluye "Molestar . . . Decir que vas a lastimar a alguien . . . Compartir rumores . . . No incluir a algún niño a propósito . . . Atacar a una persona al golpearlos o gritarles".

Puedo pensar en otras ideas, pero de las cinco que ennumeran, por lo menos cuatro de ellas se aplican a Marco, y él excluiría a otros, excepto que nadie se junta con él o no quiere que no lo incluyan en nada. También dice que a algunos niños a quienes se les abusa se sienten tristes y solos, hasta se enferman. Y lo que es peor, pueden convertirse en abusadores de otros niños indefensos, que son frutos maduros para la cosecha, por decirlo así. Es una forma de reaccionar bastante chueca.

Básicamente sugieren lo que han hecho los otros: que para ayudar a prevenir o detener el abuso se tiene que evitar estar con el abusón, buscar a un adulto en quien confiar, juntarse en grupos. Pero, ¿qué tan realistas son esas recomendaciones? Un poco, pero no completamente efectivas. Digo, cuando tenga que ir al baño, ¡no voy a llevar a un adulto o a un grupo de amigos conmigo! Y los adultos piensan que involucrarse ayudará a resolver las cosas inmediatamente. En la mayoría de los casos, es como que te estás metiendo con el abusón. Todo lo que tiene que hacer el abusón es esperar hasta que el adulto no esté cerca para seguir actuando mal. Y, luego, negar, negar, negar. Enseguida empiezan a compartir chismes sobre ti porque ya eres un soplón. Un llorón que corre a su mami para que lo proteja. Créeme, eso no ayuda para nada.

Pero sí me gustan las otras recomendaciones, especialmente "Simpatiza con el niño que es maltratado. Muéstrale que te importa . . . " Y quedará más claro que el agua: "El no decir algo puede empeorar las cosas para todos". En otras palabras, no me puedo quedar al margen y dejar que Marco continúe siendo Marco.

Ahora tengo que averiguar qué puedo hacer. Me quedo dormido sin ni siquiera una idea. Esto va a ser más difícil de lo que pensaba.

NUEVE

SE ME OCURRE DURANTE LA NOCHE. Qué curioso: el foco encima de mi cabeza se prendió sólo cuando se apagaron las luces. Me habrá dado tantas ansias pensar en esto en los últimos días que mi mente despierta estaba tan cansada como para resolver que mi mente dormida se encargó y salió un plan definitivo. Estoy emocionado de volver a la escuela.

Lo primero que tengo que hacer, lo adivinaste, es acercarme a un adulto. De hecho, me acerco a dos de ellos: sr. Martínez y sr. Garcés. Quiero empezar un club, así es que voy a tener que pedirle permiso a un administrador y conseguir un patrocinador. Como vice director, el sr. Martínez está encargado de crear los clubes. Él podrá guiarme en todo este proceso. Y el sr. Garcés será el patrocinador perfecto. Siempre nos ha apoyado y alentado, así que no puedo pensar en otra persona. Cuando dice, "Mi puerta siempre está abierta" . . . literalmente, habla en serio. Siempre le gusta invitar a los niños a que almuercen con él en su oficina. Y llega temprano a las sesiones de estudio y se queda tarde con los niños que sabe no podrán hacer la tarea en casa. Siempre tiene una sonrisa para nosotros y es respetuoso, nos llama señor y señorita, y nos invita a participar en clase en vez de imponerlo. Y cualquier trabajo que nos requiere, lo hace con nosotros. Como dije, es el patrocinador perfecto.

Lo que ahora tengo que hacer es juntar a mis amigos. Les contaré mi plan a la hora del almuerzo. Cada uno de nosotros tendrá que buscar un compañero a quien Marco y otros han maltratado y se pondrán en la fila del almuerzo con ellos. Después les preguntaremos si podemos sentarnos con ellos. Más tarde en la semana, los invitaremos a que se sienten con nuestro grupo.

Luego haremos una invitación para la primera reunión de "Niños para Niños". Ese es el nombre que elegí para el club, porque si vamos a atacar este problema del abuso, tienen que ser los niños que defienden a los niños, ¡defendiéndolos por delante, defendiéndolos por detrás y defendiéndolos por todos lados!

¿Qué tal?

Me quedó muy bien a pesar de haberlo ideado mientras dormía.

Lo único que necesito es la autorización, y el sr. Martínez me lo da de manera condicional, me dice.

—Tenemos que llenar unos documentos. Voy a empezar con mi parte, y si el Señor Garcés está de acuerdo . . .

—Sí, lo estoy —dice el sr. Garcés, sonriendo, por supuesto. De hecho, rebosa de alegría.

—Muy bien, entonces, él y usted pueden llenar las secciones que no son para mí, lo entregaremos y listo.

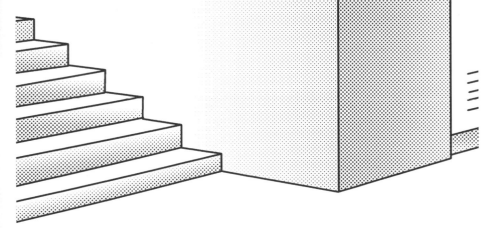

Al salir de la oficina, el sr. Martínez extiende su mano para estrechar la mía. Le estrecho la mano, y me dice —Esto es algo muy bueno, Señor Rangel. Muy bueno.

Se lo agradezco, y el sr. Garcés y yo nos vamos de la oficina. Me pone el brazo sobre los hombros. Espero que me diga algo como "Estoy orgulloso de usted, Sr. Rangel" o "Siempre supe que usted haría algo así". En vez de eso, se queda callado, algo muy raro en él.

Levanto la vista, y sabes qué, tiene una sonrisa tan grande en la cara y al mismo tiempo le corre una lágrima por la mejilla. Supongo que eso es bueno.

Durante el almuerzo, me paro detrás de Equis. Me dice que su nombre verdadero es Ximenes— . . . es normalmente un apellido y se escribe con 'j', así es que lo achiqué a sólo una 'x', —me explica.

Ni siquiera tengo que preguntarle si me puedo sentar con él, porque él me lo pide. Me dice —Veo que el nuevo chico ha estado molestándote, y creo que tal vez, si te ve conmigo, dejará de molestarte un poco.

¡Ja! Le pregunto si quiere ser parte del club N x N Niños para Niños.

Me dice que lo más probable es que sí, a menos de que haya muchas reuniones aburridas y agrega que vamos a necesitar un lema, una consigna, y sugiere "Tenemos tu 6".

Me gusta y le digo que lo incluiré en los documentos, pero para eso tiene que ser miembro del club.

Así es que me dice —Bueno, en ese caso, sí, quiero ser parte del club.

¡Eso!

Miro alrededor de la cafetería, y Ernesto está sentado con Simón. Se están riendo un montón. Bucho está sentado en la misma mesa que Marco, pero no se están hablando. Cuando le comenté la idea del club, me dijo que sólo se apuntaría si también invitaba a Marco.

Tiene que haberme leído la mente porque enseguida le dije —No te preocupes, yo lo buscaré. Tú sabes, hasta los abusones pueden cambiar. Pero tienen que tener opciones, algo diferente a lo que puedan cambiar.

Después de la escuela, Bucho me alcanza cuando camino hacia el bus. Me dice —¿Sabes qué, Mickey? Estás haciendo algo bueno.

Me sorprenden tanto sus palabras que quedo mudo. No sé qué responderle. Sólo digo —Gracias.

Mientras caminamos lado a lado, me dice —Por ti, amigo.

Lo miro confuso.

—*Casablanca* —me dice—. Una de mis películas favoritas.

Increíble. —Una de las mías también —digo. Luego agrego —Bucho, creo que esto es el inicio de una bella amistad.

—No te pases —me dice. Pero sigue sonriendo—. Bueno, está bien. Pero vayamos despacio.

—De acuerdo —digo.

¡Quién lo diría!

EPÍLOGO

H A PASADO UN MES desde que empezamos el NxN, y no podría estar más feliz. Parece que está funcionando. El cuidarse uno al otro ha acabado con casi todo el "bullying". No creo que podamos deshacernos de él completamente, pero no podemos quedarnos sentados y dejar que suceda así como así. Y no lo haremos. Cuando vemos que un niño se está portando mal con otro, saltamos y lo enfrentamos, ¿me entiendes? Cortamos en flor, como dice Papá.

Hasta Bucho lo ha notado en sí mismo. Hoy, cuando estábamos almorzando me dijo —¿Sabes qué, Mickey? Al principio creí que esto no iba a funcionar como lo querías. Pensé que eras muy sentimental. Demasiado agradable. Pero mírame a mí. No he cambiado completamente, pero soy una obra en progreso. La verdadera muestra de que está trabajando para mí es que pienso en los demás aún cuando los estoy molestando. Así es que trato de hacerlo menos.

<<Y lo veo en Marco también. Ayer, por ejemplo, le dijo a Equis que le iba a llevar los libros a la clase. Equis le dijo que no necesitaba ayuda. "Claro que sí" dijo Marco, "estás discapacitado". Equis parecía

querer darle un golpe. Luego Marco dijo, "Escucha, sólo quiero ayudar". Equis se quedó callado por un momento, y luego dijo, "Bueno, si me quieres ayudar, lo puedes hacer ayudándome a estudiar para el examen de matemáticas del viernes. No entiendo el material. ¿Qué dices?" Marco asintió, le arrebató los libros a Equis, y dijo "Puedo hacer muchas cosas a la vez".

—¿Crees que se va a hacer miembro del grupo? —pregunto.

Bucho se talla los ojos. —Un paso a la vez, Moco. Un paso a la vez. —Me sonríe.

—Me parece un buen plan, Brutus. —Le regreso la sonrisa.

En la cafetería hay un zumbido constante. Todos están platicando y riendo y comiendo. Echo un vistazo a la cafetería y veo a Marco sentado solo en una mesa. Pienso en llevar mi comida y preguntarle si me puedo sentar a comer con él.

Bucho tiene que haber visto lo que estaba pensando porque me dice —No es el momento para eso ahora. Sigue haciendo lo que estás haciendo, cuidando a los demás. Éste . . . —dice apuntando a Marco— es mío.

Bucho se levanta de nuestra mesa y avanza hacia Marco. Está tan lejos y el zumbido es tan constante que no puedo escuchar lo que dice Bucho, pero Marco encoje los hombros, y luego Bucho saca una silla y se sienta. Por lo que veo, comen en silencio, pero comen juntos. Y eso sí que es algo digno de ver.

THE CURSE OF THE BULLY'S WRATH

A MICKEY RANGEL MYSTERY

PIÑATA BOOKS
ARTE PÚBLICO PRESS
HOUSTON, TEXAS

BY RENÉ SALDAÑA, JR.

A MICKEY RANGEL MYSTERY

THE CURSE OF THE BULLY'S WRATH

The Curse of the Bully's Wrath is made possible through grants from the City of Houston through the Houston Arts Alliance and the Texas Commission on the Arts. We are grateful for their support.

Piñata Books are full of surprises!

Piñata Books
An imprint of
Arte Público Press
University of Houston
4902 Gulf Fwy, Bldg 19, Rm 100
Houston, Texas 77204-2004

Cover design by Mora Des!gn
Cover illustration by Giovanni Mora
Inside illustrations by Mora Des!gn

Names: Saldaña, René, author. I Baeza Ventura, Gabriela, translator.
Title: The curse of the bully's wrath : a Mickey Rangel mystery / by Rene Saldana, Jr. ; Spanish translation by Gabriela Baeza Ventura = La maldición de la ira del abusón : colección Mickey Rangel, detective privado / por Rene Saldana, Jr. ; traducción al español de Gabriela Baeza Ventura.
Other titles: Maldición de la ira del abusón
Description: Houston, TX : Pinata Books, an imprint of Arte Público Press, [2018] I Funded by grants from the City of Houston through the Houston Arts Alliance. I Summary: When new student Marco threatens Mickey to keep him from telling the principal that Marco started a fight, Mickey decides to find out what drives a bully, and possibly make Marco his friend.
Identifiers: LCCN 2018008423 (print) I LCCN 2018015926 (ebook) I ISBN 9781518505058 (epub) I ISBN 9781518505065 (kindle) I ISBN 9781518505072 (pdf) I ISBN 9781558858664 (alk. paper)
Subjects: I CYAC: Mystery and detective stories. I Bullying—Fiction. I Conduct of life—Fiction. I Schools—Fiction. I Mexican Americans—Fiction. I Spanish language materials—Bilingual.
Classification: LCC PZ73 (ebook) I LCC PZ73 .S27413 2018 (print) I DDC [Fic]—dc23
LC record available at https://lccn.loc.gov/2018008423

♾ The paper used in this publication meets the requirements of the American National Standard for Information Sciences—Permanence of Paper for Printed Library Materials, ANSI Z39.48-1984.

Printed in the United States of America
Cushing-Malloy, Inc., Ann Arbor, MI
April 2018–May 2018
7 6 5 4 3 2 1

For Tina
and
Lukas

OVER DINNER, I tell Mom and Dad about Marco, the new boy at school. I describe how for a small kid, he sure is mean as a skunk. Mom frowns at me. She doesn't like us talking ugly about anybody.

"I'm giving you the facts, ma'am, just the facts," I say. "For example, he struts up and down the hallways, his chest puffed out, his head tilted back just so and pity you if you happen to accidentally brush against him."

"That sounds more like pride than meanness," she says.

"Well, that's not the whole story," I say. "So, okay, today between classes Simón bumped into him by mistake—you know Simón, right?"

Dad says, "Simón Ortega, the football player?"

"He's the one, Dad. Anyway, Marco spun around so quick he was a blur. He was on Simón in a split second, pushing and shoving him. I could tell from the look on Simón's face he wasn't scared, big as he is, but that's probably also why he didn't want to fight back. Simón's at least a whole head and a half taller than Marco. Not to mention Simón's a linebacker for his football team. Big and solid. Dad,

1

I hear he's so good the high school coach has come to a few of his games to scout him. He's not even in middle school yet!"

"Is that right?" asks Dad.

"Sure is. Anyway," I continue, "Simón was telling him to knock it off. 'Stop pushing and shoving me' — things like that. But Marco kept at it and kept at it. Wouldn't let it go. So Simón finally said, 'You better quit it, squirt, if you know what's good for you.'"

I shove a forkful of spaghetti into my mouth and say, "You know what Marco does next, Dad?"

"Well, first," Mom interjects, "should you be talking with your mouth full?"

I shove another forkful of grub in my mouth and say, "No, ma'am."

Dad does his best not to laugh, but that only works for so long.

Mom punches me on the arm. "Don't be silly, *m'ijo*. Besides being rude showing everyone what you're eating, it's also gross."

Dad calms down and then says, "So, tell me, what did this boy do next? Show me an empty mouth first, though."

A joker, my dad. But I show him anyhow. All gone.

"You both are two peas in a pod," Mom says. "Now, tell us if you're going to tell us, Mickey. And make it quick — we all have other things to do."

I've done such a good job of building up to this point in my story that even Ricky is paying attention. Ricky's my twin. I'm older than him by a

whole 45 seconds. He's got issues being the baby brother. He's told me once or twice, "So what? As if 45 seconds means anything. It's not even a minute." I've answered, "It's long enough, Little Brother," which irks him to no end. He's never liked being called "Little" anything, but it is what it is.

Right now, though, I've got him eating out of the palm of my hand. Usually he wouldn't be paying attention and instead be distracted by the fly trying with all its might to break through the wire mesh of the window screen, or he'd be nodding off at the table. Always sleeping, which is why I think I beat him out of my mother's belly; he must've been snoozing. And like I learned during one of my online detective courses: "You snooze, you lose."

"Well, this Marco kid — who's puny — kicks Simón on the shin."

"Oh my," says Mom. "Did anyone do anything about it?"

"Sure, someone did something; Simón, that's who. He hopped on his one good leg, but Marco kicked at that one, too."

"What happened next?" Mom asks.

"Now with two bum legs, Simón lost his balance. He reached out to keep from falling, except he grabbed hold of Marco's shoulders and they both fell to the floor with a thud."

"Did anyone get hurt?" Mom wants to know.

"You mean, aside from Simón having to hobble around because Marco kicked him?"

Mom must've forgotten her rule about not talking with food in our mouths because here she is,

moments later, talking with a mouthful of garlic bread. "Don't be like that, *m'ijo*," spitting out a few bits of her food.

Dad knows better than to point this out. So do I. And Dad simply smiles and gives me a wink.

"I guess it could've been worse, except Simón actually tried to keep them from falling so hard by rolling in such a way that Marco landed on top. But the force of the fall caused them to keep rolling, outwardly making it look like they were scuffling. And wouldn't you know it, right at that moment when Simón's on top of Marco, the assistant principal, Mr. Martínez, walks up. Of course it's the big kid, the football player, who's got the new boy— who's tiny, like I've said—pinned to the floor."

"Oh," Mom says, "I see where this is going."

"Sure enough," Dad adds.

Ricky's lost interest by now. He's looking at the screened window where the fly is fighting for its freedom, though his eyelids are beginning to droop.

"Exactly. Simón gets up, tries to help Marco to his feet, and boy that kid can act. You would think he was a South American soccer player taking a flop because he acts so good, screaming at Simón, 'Now you wanna help me up! You weren't so friendly a few seconds ago when you threatened me just for bumping into you—by accident, I'll have you know. What did you say to me? *Watch it, if you know what's good for you?* Oh, I get it now! You're being all nice to me because Mr. Martínez just showed up.' Can you believe this kid? He's got issues."

From the shaking of their heads, I can tell Mom and Dad can't believe it. They want to know if anybody, myself included, explained to Mr. Martínez what had actually happened.

"There wasn't time," I say. "Before any one of us could speak up, the bell rang and Mr. Martínez held Simón by the collar, marching him down the hall in the direction of the office, while Marco limped beside them. Unbelievable, right? Give that kid a blue ribbon for hamming it up."

"But I'm sure that you eventually did tell Mr. Martínez, right?" Dad asks. "I mean, later after the next class? Or after lunch?"

"No, Dad, I didn't. For one, I had a test, and then I had to race over to the band hall because Mr. Wilson told us to get there lickety-split since we're training for the Christmas program."

"Hmmm," he says. "But you are going to tell Mr. Martínez tomorrow, yes? You're going to stand up for Simón and at the same time for what's right . . . right?"

I nod. But I'm not so sure I will. How can I explain to them that, truth be told, I'm kind of scared of this microscopic kid. He's a bigger bully than Bucho, if you can believe it.

Marco came back to class later, and when the teacher had stepped out for a few moments whispered to all of us: "Don't even *think* of telling on me. I just got Simón kicked off his team for a couple of games, *and* he has in-school suspension for two weeks. Imagine what I can do to *you* if you stick your fat noses into my business."

Who does this kid think he is?

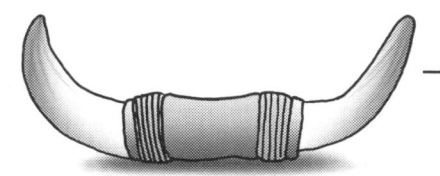

TWO

ON THE WAY TO SCHOOL THIS MORNING, I go over Dad's reminder from breakfast: "Best thing to do, *m'ijo*, is to nip this in the bud. Go to Mr. Martínez's office the second you get to school, and do the right thing. I mean, do you really think it's fair that Simón gets punished for simply defending himself? Is that anywhere close to justice?"

He was quiet, but I knew he wasn't asking for a yes/no answer from me. He was making it so that I could give the situation some serious thought.

After a few moments, he cleared his throat and added, "Take care of this now because if you don't, you'll only have to lock horns with the bull later, and then it'll just be worse."

He stood up, rinsed his plate in the sink, placed it in the lower rack of the dishwasher, grabbed his lunch and gave me a pat on the shoulder as he headed out the door for work.

By the time I get to school, I've made up my mind. I go directly to Mr. Martínez's office, where I plan to explain to the assistant principal how it was all Marco's doing and not Simón's, that Simón had actually tried his hardest to avoid any kind of

confrontation, that it was that punk kid Marco who'd been the instigator, the bully.

I go into the office and ask the secretary if Mr. Martínez is available to talk. "It'll only take a few minutes, if that long," I tell her.

She dials him up, asks if he'll have time for me, waits for a response, hangs up and then says, "He's about to start a meeting with someone else, but as soon as he's done, he'll squeeze you in. Why don't you take a seat, Mickey? I'll call you when he's ready for you."

"Thanks," I say and head toward the little waiting area off to the side.

It's right then that my plan begins to fall apart pretty quickly. The moment I step into the waiting area, I spot Marco sitting with who I guess are his parents. I take the chair farthest from him, hoping he won't see me, but he catches my eye and gives me about the meanest look—worse than anything Bucho has ever thrown in my direction.

About the same time, his folks are called into Mr. Martínez's office, leaving Marco behind, only three chairs separating me from him. He stands up—at least I think he does because he's so short I can't really tell the difference—and saunters up to me, his hands stuck deep into his pockets.

"So," he says, "you're that guy Mickey, yeah?"

I nod, avoiding any sort of eye contact.

"I hear you're some kind of detective. I think I'd like to hire you to find something out for me. You available? And if so, how much do you charge?"

Well, the kid's new, so he just doesn't know any better. I'm not just *some kind* of detective, I'm the real deal. I've got my framed certificate hanging in my bedroom so I can see it right in front of me when I sit at my desk to finish my school work or when I'm doing research on my computer for whatever case I'm on. I also carry my laminated badge in my wallet. It's a piece of paper with my name, the date I completed my online coursework and the words "Certified Private Investigator" printed on it. I'm saving up money to order an actual badge from the online school, but because it's the real deal too, it's expensive, so it'll be a while before I can buy it. That's okay, I'm patient. Like I learned in one of my courses: "Doing a thing too quick might cost you the break you need."

What's not okay is this Marco kid thinking of me as anything less, so I tell him, "I got time, and I don't charge a dime. How can I help you?"

I pull out my Detective's Notebook to jot down the details of the job, but first I write down what I'd just said—I could use it on a business card or an ad in the yearbook: "Looking to solve a crime? Hire me! Mickey Rangel, Private Investigator: I've got time, and I don't charge a dime." Always thinking.

I look back up from my chair, and there's Marco. I haven't noticed him sneaking up on me like that. I think, *Should I really be taking his case, seeing how I'm about to rat him out? Isn't it like a conflict of interest or . . . something?* But I don't want to let on I'm actually here to point the finger at him.

He smiles, then says: "I need you to find out for me why all the kids at this school, including you, are such big jerks. You think you can find that out for me? Can you?"

I shut my notebook and say, "Whatever."

"Yeah, whatever. But listen to me. If you're here to do what I think you're here to do, well, you better not. Or else!" He bunches up a fist in my face.

I stand up. He's forced to back away about half a foot. I'm not as big as Simón, but I'm no shrimp either. We couldn't have both fit in the same space, and he knows it. I'm about to tell him he doesn't scare me, when out of nowhere his fist finds my stomach, knocking the wind out of me.

I double over and fall back into my chair.

Just then Mr. Martínez's door opens. Marco's parents shake hands with him, smiles all around, and he says to them: "No worries, your boy's in good hands. I'll keep an eye on him *and* the others. No one's picking on *anyone* at our school."

Mr. Martínez sticks his head out of his door and asks, "Mr. Rangel, what can I do for you?"

I look at Marco, take a deep breath and manage to say, "Nothing, sir. Just . . . nothing. Sorry to take up your time."

"But you didn't take up any of my time, Mr. Rangel." He waits another moment and then says, "Well, if there's nothing, then have a good day."

"Yes, sir, thank you. And likewise," I say.

Leaving the office, I turn back and see Marco giving me a look. A fierce one. He's nodding and

smiling. With his pointer finger, he makes the cutting-of-the-throat motion.

I'll let Simón lock horns later with this bull of a bully. On his own.

DURING LUNCH, I sit with the usual suspects: Ernesto, Bobby and Ricky, who's done with most of his lunch and is finishing a nap he started during homeroom.

"I'm telling you, guys, this kid is suffering from nopalianic complex," I say.

"A *what* complex?" Bobby asks.

I shake my head in disbelief, as if this should be common knowledge, which it wasn't for me until— half an hour ago when I heard the nurse talking to the counselor out in the hallway. I didn't mean to eavesdrop, but if you're standing out in the open not even whispering, you're going to get heard. "It's a mental sickness when a kid is so short and little, he's got to make himself bigger, even if it means acting all ugly towards others. It's a power play," I tell the table.

Ricky jostles awake. "You're both right and wrong, big brother."

I liked the sound of that: Big Brother. Finally he's admitting it. "How can I be both right and wrong, little brother?"

"Well, it is a power play like you said. He's over-compensating. And it is largely based on a person's diminutive stature—oh, am I using too many big words?" he asks me.

I laugh it off, but truth be told, I was going to have to look some of these words up.

He continues: "He's short, and it bothers him, *a lot*, so he takes it out on other people."

"So where am I wrong?" I ask.

"Well, the word is *Napoleonic,* named after the French dictator from the early 1800s, Napoleon Bonaparte, who is said to have been just over 5 feet tall, not exactly the height of a military genius. He had issues. The way you say it, the new kid's issues stem from the cactus plant."

My friends around the table snicker, but I quickly move the talk to something else, Marco and his latest incident just minutes ago. But all of a sudden we have to shut up because Marco takes a seat at the table next to ours, all by his lonesome. Not even here a couple of days and already he's cut himself off from everyone. What does he expect if he's going to push and shove his way up and down the hallways, say the meanest things to other kids, sucker punch people and scowl like he does? I don't feel sorry for him one bit. He deserves to be sitting all alone. And I don't think he cares, either.

Here's what he just did: he cut in the lunch line right in front of Equis, the boy with scoliosis, whose spine is all crooked. Worse, when Equis called him on it, Marco snapped back, "What you gonna do about it, Chueco?" As if cutting in front of him

wasn't bad enough, he'd just pointed out the extreme curvature in Equis' spine, calling him a twisted cripple. The look on Equis' face was so sad. Sadder still was that no one thought enough to stand up for Equis or stand up to Marco, who'd crossed a line calling him names like that.

I'm sitting at the table, witnessing this, and I convince myself that I don't want another punch in the belly. But I feel like I've betrayed a good kid like Equis.

Now we're either just staring at our food while we shovel it into our mouths or looking at one another briefly, then away, like we're guilty of some crime. Which we are, big time, if you think about it. We are guilty of not supporting Equis, who's done nothing wrong except to be at the wrong place at the wrong time. Also, we've been talking behind Marco's back, but what he doesn't know won't hurt him. And I'm thinking that if he did know, *we'd* be hurting right about now. So we keep mum and shovel, shovel, shovel away.

A few minutes after Marco settles in, the chatter around the cafeteria picks back up, softly at first, then up to a steady hum. And then, like a wave, starting at the exit to the lunch line and making its way over to our table, the room grows silent again, except for Ernesto, who doesn't notice and keeps on talking. In this eerie quiet, his voice carries: "So, you think even Bucho's scared of Shorty?" He must see the fear on our faces because he says, "Wha?" and looks around like he's innocent of any wrongdoing. "Wha?"

I've been seated facing Marco's back this whole time, keeping my eyes on him just in case, and at Ernesto's words, he turns his head ever so slowly. In step with his head, Ernesto's eyes grow huge. Busted!

"Who you calling Shorty, punk?" he says. He actually whispers it, but again, acoustics what they are in here, everybody can hear him.

And everybody's waiting for Ernesto's answer.

"I said, 'Who you calling Shorty,' Four Eyes?"

I can tell Ernesto's throat has gone completely dry, but he speaks up anyhow. "You, I guess."

There's a collective and noticeable gasp. Did he just fess up to calling Marco the Bully 'Shorty'? He had, and now Marco's standing up—again, you can hardly tell. This kid is short, I'm talking teeny-tiny and I can't understand how someone this microscopic can be so mean.

Ernesto has bigger problems just then, so I try to focus. I can't let Marco punch him like he did me this morning (in the principal's office no less!).

He's standing right behind Ernesto, and I almost want to laugh because if he wants to come across as imposing, well, it's not working. I can hardly see the top of his head over Ernesto's shoulder.

With his pointer fingers, he pushes Ernesto's glasses off his ears. They're teetering on the edge of his nose. Ernesto doesn't make a move to shove them back onto the bridge of his nose. His face has gone ghost-white.

Again, I ask myself, *How's a kid this puny inspire such fear?* I don't get it.

Ernesto turns his chair some and is now facing Marco. He finally pushes his glasses back where they belong. I'm just glad he doesn't stand, because if anything could make Marco angrier, that would be it.

Ernesto says, "I'm sorry." His voice still cotton dry.

"You sure are. You're a sorry excuse for a human, actually."

I can see Ernesto's shoulders go slack. It seems like that hurt him just as much as Marco's punch did me. Man, words can cause some serious damage. *Why's he got to be so mean?*

"Now that we've established your worthlessness to humanity, tell me something. Who is this Brutus that you speak of?"

"Brutus?" I ask, trying to take the attention away from Ernesto, if only for a moment. Let him catch his breath.

"Are you hard of hearing, Moco? I indeed said, 'Brutus.' This nitwit was asking whether 'Brutus' would be scared of me."

No one had called me 'Moco,' Booger in Spanish, since kindergarten.

"It's Mickey, and you mean *Bucho,* not Brutus," I tell him.

At which point, Bucho, my arch-nemesis, has joined us at the table. "That would be me. Who wants to know?" he says.

I can't get over how funny this looks. Marco spins around on his heels and is now facing Bucho's broad chest. I bet he'll get a crick in his neck staring

up at Bucho like that. Inside, I'm laughing hard. On the outside, I'm sweating.

To my left, Ricky stirs. He rubs his eyes clean of sleep, looks confused by what is going on at the table, gets up, grabs his tray and heads to the tray drop-off.

"I said, 'Who's asking about me?' because I'm looking everywhere around me and though I hear a voice, I don't see who that voice belongs to."

I can almost see the steam coming out of Marco's ears. I can see the back of his neck getting redder and redder as the seconds pass.

"Are you hard of hearing as well as stunted?" Bucho asks, looking way down now at Marco from way up there. He sets down his tray, pulls out a chair, spins it around and straddles it, his elbows on the back of the chair. "That's better," he says. He's now almost eyeball to eyeball with Marco. "Don't you think so, Shortstuff?"

Man, Marco's fuming now. He's shaking, he's so mad. If I'm not mistaken, his eyes are tearing up. When he speaks, his voice is shaky. He's mad like nobody's business, I can tell.

But he hasn't lost an ounce of his nastiness. "Who you calling 'Shortstuff,' Dumbo?" he says as he steps up right into Bucho's face.

Bucho, for once, looks like he's lost every clue he's ever had. Not many at that, but still.

"Take that back, or else," whispers Marco. "Take it back now."

"Or else what?" asks Bucho.

"Just 'Or. Else.'"

"Oooh, you've got me quivering in my boots," says Bucho. "But okay, okay. You win. I take it all back. I'm sorry, but now I'm hungry, so why don't you take yourself away from here before I eat you up for a snack?"

At first, I think I've missed something, because that just sounded like Bucho backing down. He even apologized, and he never does that unless he's ordered to. He's the biggest bully of them all. As it sinks in, I realize that the little guy just put Bucho in his place.

I'm confused, to say the least.

So's Marco, because he's still standing looking straight at the back of Bucho's head. Bucho has spun in his chair and is now scarfing down his lunch. Marco's planted in his place, blinking over and over.

Wha? I think. So's everyone else at the table. I imagine all of us thinking, *Did we just witness the end of an era? Did we just see the bully get out-bullied?*

Wow! Just wow!

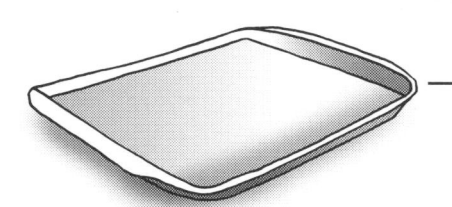

BUCHO'S FINISHING UP HIS LUNCH, and Marco is long gone. The boys and I have stayed behind like we always do, jabbering about anything and everything. I take a chance and ask, "So, yeah, Bucho, what's up with that?"

"Whatchumean?" he asks through a mouthful. My mom would *so* get after him for that.

"Well, I don't mean to point out the obvious, but, how can I put it? That puny kid Marco, seems to have, uh, dressed you down, for lack of a better phrase."

"Yeah," says Ernesto. "It's like he called you out, and you balked." I guess it made such an impression on us that even Ernesto felt like he could address Bucho.

Bucho reasserts himself as mean by glaring at Ernesto, who slouches in his seat and buries his chin deep into his sunken chest. One step forward, five steps back. But it's sort of a good sign. I mean, Ernesto spoke up and didn't get beaten up or shoved into his locker.

I'm not so delicate. I know that sometimes Bucho's bark is nothing more than that, a bark. So I say, "Ernesto's right, though."

Ernesto perks up a bit, and I get the scowl from Bucho. For a brief moment I pull back some, but I go ahead and say, "What I mean is, this kid made you tell him you're sorry when we all know that's, like, the most unnatural thing for you to do."

"He didn't make me do nothing," Bucho answers.

"Actually, he did. He told you to take back what you said and to apologize, or else. 'Just. Or. Else.' Sounds like a command to me."

"Mickey, you don't know nothing." I'm surprised he passes on the chance to call me "Moco."

"I know enough to recognize that for what it was: a threat. And you backed off. *Way* off. Sorry to be so blunt, but he put you in your place."

Just then, everyone still here pushes away from the table, the legs of the chairs scraping the shiny cafeteria floor. Like they don't want to be anywhere near the explosion sure to come.

I swallow hard. Maybe, just maybe, I've overstepped, pushed too hard.

"I'm telling you," says Bucho, "you don't know nothing about nothing." He stands up and heads for the tray drop-off.

"Why don't you educate me, then, Bucho?" I say, following close behind.

"If you don't know already what I mean, you're not gonna get it, even if I explain it to your real slow and clear." I'm left looking at his back.

"What'd he mean?" asks Ernesto.

FIVE

Normally, I sit with Ricky on the bus ride home. Today, though, I take the space next to Bucho, which surprises him along with everyone else. Usually he sits all by himself in the second-to-last seat on the left-hand side of the aisle. Not today. I plop down right next to him and sigh heavily because I still have some figuring out to do.

"What do want, Mickey?" Bucho says, looking out the window.

I hesitate. Even when he's not looking at you, Bucho can be intimidating.

"Well then, I'm thinking if you don't want anything, you can go back to leaving me alone. You're invading my personal bubble," he says.

I stand to leave, but then I sit back down. "Well," I tell him, "I'm still curious about what you said earlier. About Marco. I want to know why a bully's a bully. And what can I do to help him change?"

"I thought so. Mickey, for a detective you sure are dumb. There's no mystery here to solve. The kid is a bully, plain and simple. There might be a perfectly good explanation why he's the way he is, but none of it matters. He is who he is, and there's no

changing him. That's something he's got to do for himself. And if he doesn't want to, then he won't."

I shake my head. "I don't get it. People change. All the time. I mean, look at you..." Lately he's been getting counseling from our principal, Mrs. Abrego. The change in him, though miniscule, has been noticeable. "What makes you the expert?"

"Who better than me, Mickey? I mean, if you haven't noticed, I'm a bit of a bully myself," Bucho says, a wry smile on his face.

Maybe he hasn't changed all that much? I feel a weakness in my knees despite my sitting position.

"Here's how it works: you let him know he can't get under your skin. That he's got no real power over you. You let him know that you can be just as mean as him. But you choose not to be. Instead, you turn away, showing him he doesn't matter one bit to you if that's the way he wants to play it. And that's that. Or, he can choose to be a good guy instead."

I scratch my chin. That's a lot to take in, and I'm mulling it over.

"Have you noticed, Mickey, that lately I haven't been pushing you around? Not as much as before, anyway," Bucho says.

I have noticed, so I nod.

"It won't do to make fun of him, to call him names. That's you just striking back at him. It's not like it's ever stopped me from coming after you, right? That's you being mean back, which just adds gas to the fire, you see? And you're being mean from a place of fear, which makes it more fun for bullies to go after you. Mostly you say this stuff behind his

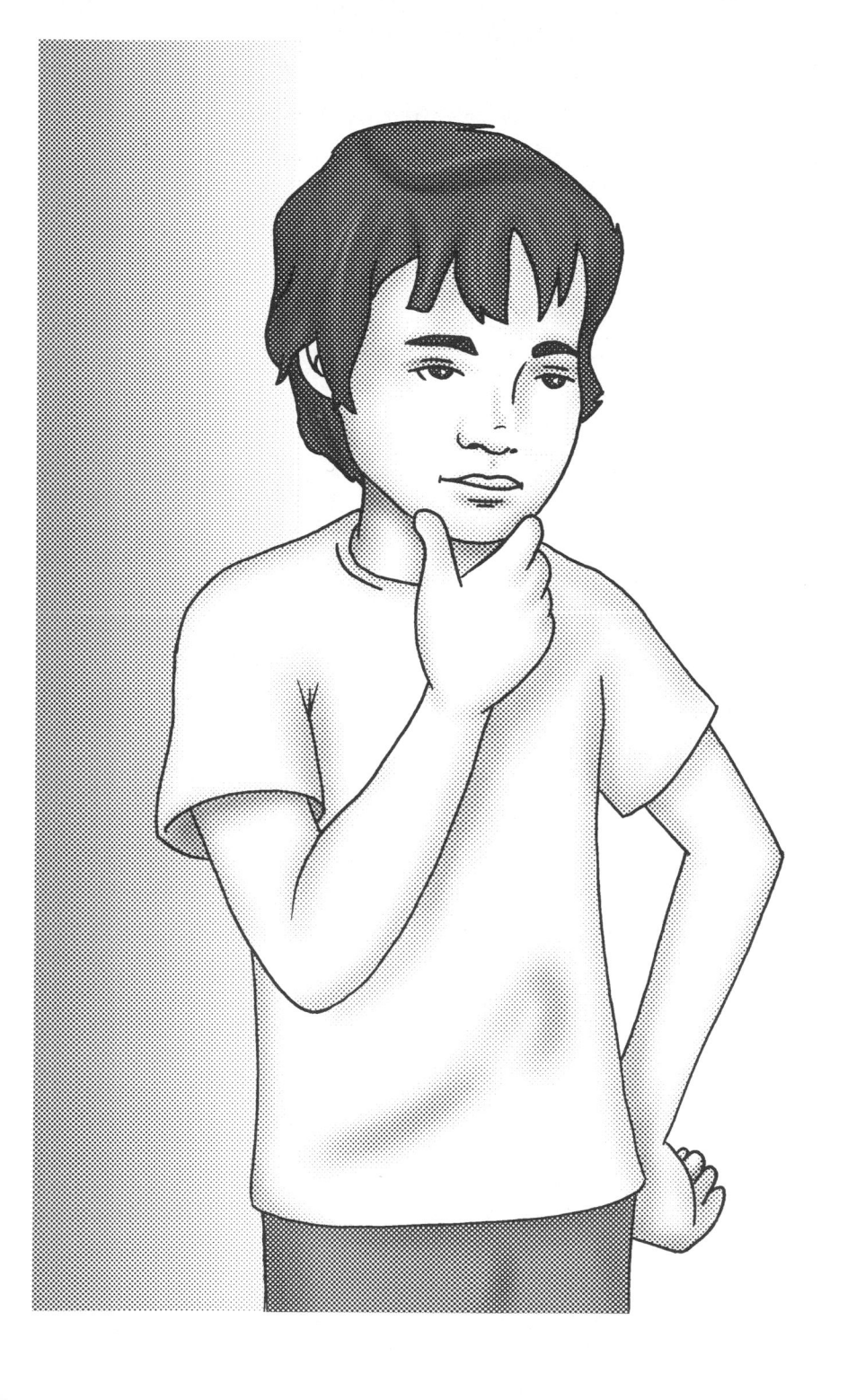

back. Again, that shows you're afraid of him and what he can do. The best you can try to do is to set him straight. Let him know he's not better than you. That he's not stronger than you."

It's a lot to think about. Bucho's talking from a place of knowing what it is to be a bully, but I just don't see how ignoring him will do the trick. There's got to be a better way and I'm going to find it out.

I get up and leave Bucho alone in his seat staring out the window. I plop down next to Ricky and shake my head. I can't believe how a meanie like this—who's the original bully—can get it like he does.

I still don't get it myself, and it's not in my nature to be at a loss. So, I give myself this challenge: how to turn a bully into a friend. Or at least into a nice boy. Detective Mickey Rangel is on the case.

SIX

AFTER FINISHING MY HOMEWORK, I sit at my desk and think. Maybe Bucho's right: bullying isn't a mystery. Not like the ones I'm used to solving. And maybe he's also right that Shorty, I mean Marco, is who he is and he can't be changed no matter what I do to help him. A bad apple is sometimes just a bad apple.

Maybe.

But maybe not. I don't want to believe that a kid can be that mean. There's something I can do to fix him. And I know just where to start: I'm simply going be nice to him. I'm not going to call him Shorty or Puny or Little Bit. I'm going to show him respect, look him right in the eyes, even if I have to crouch down—argh! I'll have to work on that.

I'll call him Marco over and over in my head until that's the only name for him I've got. I'm going to ask him if he would like to have lunch with us at our table. In Critical Thinking class, I'll ask Mr. Garcés to make him my partner, and I'll teach him how much better it is to work *together* with someone else rather than always going against the flow. Like Mr. Garcés always says: "Sure, two heads are better than one,

but two minds thinking are better than the whole world."

We'll share the workload on projects. We'll call each other after school to talk about our homework. We'll make plans to meet early in the morning before class starts and just pal around. Eventually, he'll come around. I just know it. He'll see himself for the good boy that he is, maybe even join the group for lunch and we'll all be friends.

I know, I know: Bucho will say it's all pie-in-the-sky kind of thinking. He'll say, "I'm telling you, Mickey, I'm talking from experience here. You're just setting yourself up for failure."

Sure, he's the horse's mouth. But sometimes he's also the horse's butt.

SEVEN

THE FOLLOWING MORNING, I take the desk next to him. Mr. Garcés has put us in a circle, which means we'll be doing Knights' Thinking & Talking. This is as close as he can get to King Arthur's round table. Everyone and his or her ideas and opinions are on equal footing. He also wants us taking notes, so I pull out my Critical Thinking Journal and a pen. I notice Marco's got nothing on his desk. I'm about to offer to share my materials, when I stop mid-thought. He gives me the meanest look.

"What do you think you're doing, Moco?"

"It's Mickey, and what do you mean, *Marco?*" I say, emphasizing his name. I figure that hearing his name might help validate who he is. Give him the self-confidence I'm sure is missing in his life.

"I mean, you're acting all stupid, like you think we're friends or something."

"Well, *Marco,* maybe I am. Maybe you are in need of a friend. If you, *Marco,* haven't noticed, you don't have any."

He pinches his chin like he's seriously considering my offer. "Let me think on it some." After a second,

he looks me straight in the eye, the same mean expression as before. "You're absolutely right. I don't have any friends and I don't need them."

That's when Mr. Garcés walks in and takes his place at the circle. My strategy is interrupted, but I'm not going to quit.

During discussion time, Mr. Garcés asks a question or throws out a topic and, as often as I can, I shift the talk in Marco's direction. He scowls at me, and instead of participating, he grows more and more mean-looking. So I stop. Maybe making friends is not going to be as easy as I thought. But something has to work.

After class, I ask Mr. Garcés about it. "Mr. G," I say, "how do you deal with a bully?"

In his own words, he tells me basically the same as Bucho did: "Mr. Rangel, more often than not you can't talk sense into a bully." But he adds, "Best thing to do is to tell me or another adult, who can help you stay safe if someone is bothering you."

But I don't want to stay safe . . . well, I do. I don't like getting punched in my stomach. "Mr. G., what I mean is, what if you want to reach out to Mar . . . a bully, I mean. Help him not be one? It won't do any good if I'm looking out just for myself, will it?"

"Is there something you need to tell me, Mr. Rangel?" We're standing by the door, and he's got his hand on my shoulder.

"No, sir," I say. But he's not letting go of my shoulder.

"Well, Mr. Rangel, as you know, my door's always open."

"Thank you, Mr. G."

"Mr. Rangel, I'm serious. Anything you need, I'm here for you. Okay?"

I notice that he uses my last name like Mr. Martínez does. I wonder if they took a class together where they learned that? And he also uses my name over and over. Although it does make me feel good to hear it, like he sees that I'm there and wants to make sure I know it, it is a bit much. Note to self.

EIGHT

THAT NIGHT, I watch a video of a bigger boy who gets punched in the face by a skinnier and shorter kid. The smaller kid keeps insulting the bigger one, calling him names like Fatso and Stupid Fatso, punching the bigger boy in the face, shoulders and stomach. The bigger boy takes it and takes it. And there's a crowd of other kids growing bigger around them, most of them chanting for the smaller kid to keep beating the bigger one.

My stomach feels queasy, like it wants to empty out. I just don't like seeing kids fighting, much less one kid beating another and the second boy not fighting back. It's like what my dad calls "shooting fish in a barrel." Too easy. And the bigger boy is just standing there, taking it. That is, until he doesn't take it anymore.

I don't know what changes for him or in him, but the bigger boy puts the puny one in a bear hug, lifts him a foot or two off the sidewalk and then drops him. Hard. I think I'm imagining it, but I want to say I hear a bone crack on the concrete. I wonder if this is what Dad meant when he said that at some point I'll have to lock horns with the bull. I hope not. I just

don't think that violence is the best way to stop a bully from being a bully, whose first option is almost always violence.

In the video, getting dropped on the sidewalk stops the smaller boy from bothering the bigger boy. And go figure, the bigger boy's story goes viral. A million hits easy. Plus mine. A newscaster interviewed both of the boys and their parents after the bigger boy became an internet sensation and the smaller one "a pariah" — that's what the newscaster calls him.

It's interesting to hear the smaller kid talk; he's learned his lesson, he said, not to mess with the bigger boy. Odd, though, that he doesn't make a bigger connection, like Mr. Garcés teaches us to make. He should ask the smaller boy, "Yes, but what is the greater lesson that you haven't arrived at yet?" I get it: the boy should've said, "I won't beat on this boy, or any other boy." Mr. Garcés would say, "Yes, now go deeper." And I do: it's not just the fighting that's the problem, but caring so little about others that you feel the need to go after them. Mr. Garcés would say, "Yes. That's it, Mr. Rangel. That's the core of bullying. Now, where do we go from there?"

I think and think and think some more. I even watch the video a couple more times to see if the answer is there. In the interviews, especially. But after listening carefully to both boys have their say, I'm still without a clue. The big boy feels horrible because he could've really hurt the bully pretty bad, and the bully has no idea except to avoid this bigger and stronger kid who now is willing to hit back. I still don't know what my next step should be. What

are my options so far: lock horns with the bull (whatever that means), call him names back, cut in line in front of him to see how that makes him feel, make fun of his small size, push him down in the hallway, slap his books out of his hands, be nice to him, show him respect, try to be his friend, tell him that what he's doing is wrong, or what?

The next morning, I check my school email. I almost delete the single, solitary email I've gotten because it looks like spam. But the word "Angel" in the title grabs my attention. I was wondering when he or she was going to get all up in my business. Didn't take long.

The subject line reads "YOU MUST READ THIS!!! Your Angel." I click it open and find the following hyperlink: https://www.stopbullying.gov/index.html. Nothing else except for that URL. I follow the link and discover a very cool site on bullying. Duh.

Most of the other sites I'd visited so far had suggestions and recommendations explaining how teachers and parents can prevent or stop bullying. All for adults, but nothing for kids.

This site has a section dedicated to just us kids. I click here and there and find some very interesting and useful tools like a real-easy-to-understand definition of bullying: "being mean to another kid over and over again." It can include "Teasing . . . Talking about hurting someone . . . Spreading rumors . . . Leaving kids out on purpose . . . Attacking someone by hitting them or yelling at them."

I can think of a few others, but out of the five listed, at least four apply to Marco, and he would

exclude others except that no one hangs out with him or wants to, so he can't leave them out. It also says that kids who are bullied can feel sad and alone, even get sick as a result. Worst of all, they can turn around and bully other kids who are ripe for the picking, so to speak. A really twisted way to react.

They suggest basically what the others have: to help prevent or stop bullying I need to avoid the bully, seek out an adult who I trust, hang out in packs. But how realistic are those recommendations? Kind of, but not completely doable. I mean, when I have to go to the restroom, I'm not going to take an adult or a group of friends with me! And adults think that stepping in will fix things right up. More often than not, it comes across as meddling to the bully, making the bullied kid look weaker, like we can't take care of ourselves. All the bully's got to do is wait for when the adults aren't around and keep being mean. Then: deny, deny, deny. Next, they'll spread rumors about you because you're a snitch now, a crybaby who runs straight to his mommy for protection. Trust me, that doesn't help one bit.

But I do like other recommendations, especially "Be kind to the kid being bullied. Show them that you care. . . . " And they make it clearer than clear: "Not saying anything could make it worse for everyone." In other words, I can't just stand on the sidelines and let Marco keep being Marco.

Now I just have to figure out what I can do. I fall asleep without one single idea. This is going to be harder than I thought.

IT COMES TO ME OVERNIGHT! Funny how the light bulb above my head came on only when it was lights out. I must've been so anxious about it over the last few days that my waking mind was too tired to figure it out. My sleeping mind took over and came up with some serious plans for me. I'm so excited to get to school.

First thing I must do is, you guessed it, approach an adult. Two of them, as a matter of fact: Mr. Martínez and Mr. Garcés. I want to start a club, so I am going to need permission from an administrator and to find a sponsor. As assistant principal, Mr. Martínez is the one in charge of setting up clubs. He'll be able to guide me through this process. And Mr. Garcés would be the perfect sponsor. He's always been so supportive and encouraging that I can't think of anyone else. When he says "My door's always open," he means it, literally. He always invites kids to come have their lunch in his room with him. *And* he comes in early for study sessions and stays late with kids who he knows won't be able to get their homework done at home. Always a smile on his face for us and always respectful, calling us

mister and miss, and asking us to participate in class instead of telling us that we will. And whatever work he makes us do, he does it with us. Like I said, the perfect sponsor.

Next thing I've got to do is get my friends together. I'll tell them my plan for lunchtime. Each of us is going to find classmates that Marco and others have bullied and get in the lunch line with them. Then we'll ask if we can sit with them. Later in the week, we'll invite them to sit with our group if they want.

Then, I'll put together an invitation to our first Kids For Kids meeting. That's the name I've come up with for the club, because if we're going to put a dent into this problem of bullying, it's got to be kids standing up for kids, standing right beside them, standing behind them, standing all around them! We need to look out for each other. Right?

Pretty good for my sleeping brain.

All I need is permission, which Mr. Martínez gives, conditionally. He says, "We've got some paperwork to fill out. I'll get started on my part, and if Mr. Garcés is on board . . . "

"Which I am," Mr. Garcés says, smiling of course. Beaming, actually.

"Well then, you and he can fill out what parts I can't, we'll file it and it should be a go."

On our way out of the office, Mr. Martínez puts out a hand for me to shake. I take it, and he says, "Mr. Rangel, this is good. Very good."

I thank him, and Mr. Garcés and I leave the office. He puts his arm around my shoulders. I expect him

to say something like, "I'm proud of you, Mr. Rangel" or "I've always known you had it in you." Instead, he's quiet, which is not like him.

So I look up, and I'll tell you what, he's got the biggest smile on his face and at the same time a tear's rolling down his cheek. I guess that's good.

At lunch, I stand behind Equis. I find out from him that his real name is Ximenes, " . . . which is normally a last name, and it's usually spelled with a 'j,' so I shortened it to just 'x,' who's name in Spanish is 'equis,'" he explains.

I don't even have to ask if I can sit with him, because he asks me. He says, "I noticed how that new boy's been picking on you, and I think that maybe, if he sees you with me, he won't pick on you so much?"

Ha! I ask him if he wants to join Kids For Kids.

He says most likely yes, unless we have too many boring meetings. He says we're going to need a motto, a tag, and suggests "We Got Your 6."

I like it and tell him I'll include it in the paperwork, but he's got to be a member.

So he says, "Well, in that case, I'm in."

Yes!

I look around the cafeteria, and Ernesto is sitting with Simón. They're laughing up a storm. Bucho is sitting at the same table as Marco, but they're just eating quietly. When I told him my idea about the club he said he wanted to join, but only if it would be open to Marco, too.

He must've read my thoughts because he quickly followed with, "No worries, I'll look out for him.

You know, even bullies can change. But they've got to have options, something different to change *into*."

After school, Bucho catches up to me on our way to the bus. He says, "You know, Mickey, it's a really good thing you're doing."

I'm so surprised by his words that I'm stumped. I've got nothing for him in return. When it passes, I tell him, "Thanks."

Walking side by side, he says, "Here's looking at you, kid."

I look at him quizzically.

"*Casablanca*," he says. "One of my favorite movies of all time."

Go figure. "Mine, too," I say. Then I add, "Bucho, I think this is the beginning of a beautiful friendship."

"I wouldn't go that far," he says. But he's smiling. "Well . . . okay, but we'll have to take baby steps."

"Sounds like a plan," I say.

Who knew?

EPILOGUE

A MONTH HAS PASSED since we started K4K, and I couldn't be happier. It seems to be doing the trick. Watching out for one another has discouraged most bullying. I don't think we'll ever get rid of it outright, but we can't just sit back and let it happen. And we don't. When we see one kid starting to be nasty to another, we jump in—we lock horns, if you get what I mean. We nip it in the bud, like Dad says.

Even Bucho's noticed it in himself. We're sitting at lunch today, and he says, "You know, Mickey, at first I thought this was not going to work out like you'd hoped. I thought it was too touchy-feely. Too nice. But look at me. I'm not quite changed all the way, but I'm a work in progress. The real proof it's working for me is: I'm thinking of how others feel when I keep bugging them. And so I'm trying to do it less and less.

"And I see it in Marco, too. Yesterday, for example, he told Equis he was going to carry his books to class. Equis told him he didn't need the help. 'Of course you do,' said Marco, 'you're disabled.' Equis looked like he wanted to take a swing at him. Then Marco said, 'Listen, I'm just

trying to be helpful.' Equis was quiet for a short time, then said, 'Well, if you really want to be helpful, you'll help me study for our math test coming up Friday. I just don't get the material. What do you say?' Marco nodded, snatched Equis' books from his lap, and said, 'I can multitask.'"

"You think he'll join our club?" I ask.

Bucho rubs his eyes. "One step at a time, Moco. One step at a time." He smiles at me.

"That sounds like a plan . . . Brutus." I smile back.

There's a steady hum in the cafeteria today. Everyone is talking and laughing and eating. I scan the cafeteria and spot Marco sitting by himself at a table. I'm thinking about taking my tray over and asking him if I could eat with him.

Bucho must see what I'm thinking because he says, "Now's not the time for that. You just keep doing what you're doing, looking out for others. This one," he says, pointing at Marco, "he's mine."

Bucho gets up from our table and heads over to Marco. He's so far away and the hum is so steady that I can't hear what Bucho tells him, but Marco shrugs his shoulders, then Bucho pulls out a chair and sits. As far as I can tell they're eating in silence, but they're eating together. And that is a sight to see.